ALFAGUARA·INFA

Título original: *AMBER BROWN WANTS EXTRA CREDIT*

Publicado originariamente en Inglaterra por Heinemann Young Books, una división de Reed International Books Limited.

• Ediciones Santillana, S.A. Leandro N. Alem 720
C1001AAP - Ciudad de Buenos Aires. Argentina

• Editorial Santillana, S. A. de C.V.
Avda. Universidad, 767. Col. Del Valle, México D.F. C.P. 03100

• Distribuidora y Editora Aguilar, Altea, Taurus, Alfaguara, S. A.
Calle 80, nº 10-23. Bogotá-Colombia

ISBN: 84-204-6589-5
Depósito legal: M-36.770-2005
Printed in Spain - Impreso por
Fernández Ciudad, S. L., Madrid

Primera edición: marzo 1998
Novena edición: septiembre 2005

Diseño de la colección:
MANUEL ESTRADA

Editora:
MARTA HIGUERAS DÍEZ

Ámbar quiere buenas notas

Paula Danziger

Ilustraciones de Tony Ross

ALFAGUARA

A toda la Escuela Americana en Londres,
especialmente a los mejores alumnos de cuarto
grado del mundo (1994-1995)

A Bruce Coville, por escuchar

A la familia Evans: Gill, Greg,
Dan e Isobel

A Ben Danziger; este libro
es para ti con el cariño de tu tía

Uno

★ ★ ★ ★ ★ ★ ★ ★ ★

VALES AMBARINOS

Yo, Ámbar Dorado, en plena posesión de mis facultades mentales y encontrándome sin ninguna posesión monetaria (he gastado todo mi dinero en comprarme un libro, un juego para el ordenador y varias chucherías), por la presente hago entrega a mi madre de cinco Vales Ambarinos como regalo por su cumpleaños.

Los Vales Ambarinos autorizan a mi madre, Sara Thomson, a solicitar que su adorada hija le conceda cinco deseos... ¡Ojo!, tienen que ser deseos que yo pueda cumplir... no cosas como que traslade de sitio el Ayuntamiento, que coma espinacas o que descubra un remedio para la caspa (no digo que tú tengas caspa, ¿eh?; nada de eso). Sólo quiero que te acuerdes de que no tengo más que nueve años y tus deseos tienen que ser cosas que yo pueda hacer... Pero la verdad es que ¡casi siempre lo recuerdas!

Feliz cumpleaños y cariño de

★ ★ ★ ★ ★ ★ ★ ★ ★

Dos

Yo, Ámbar Dorado, estoy secuestrada y soy prisionera de una loca.

La loca es mi madre y está furiosa conmigo porque dice que tengo mi cuarto hecho un desastre.

Y también está furiosa conmigo porque mi profe, la señora Solt, le ha enviado una nota diciendo que no estoy trabajando tan bien como debiera.

Mi madre está furiosísima conmigo por lo de la nota. Bueno, dice que no por la nota, sino por lo que dice la nota... o sea, porque no estoy haciendo los deberes como se supone que tendría que hacerlos.

Porque, según parece, yo tendría que ser una alumna modelo.

Y mi madre va a utilizar uno de los Vales Ambarinos para hacerme limpiar y ordenar mi cuarto.

Dice que no me dejará salir de mi habitación hasta que no esté «como los chorros del oro».

¿Cómo puede estar una habitación como los chorros del oro? ¿Es que en los chorros del oro hay una cama, una cómoda, cortinas y una persona que vive dentro?

La frase «como los chorros del oro» es la segunda cosa más tonta que he oído en mi vida.

La primera es esperar que tenga una habitación ordenada y limpia.

Me gustaría no haberle regalado esos Vales Ambarinos por su cumpleaños.

¿Es que no sabe que si tengo la habitación ordenada luego me resulta imposible poder encontrar las cosas?

Me pone nerviosa eso de que todo esté tan ordenadito.

Hasta ahora nunca le había importado que mi cuarto no estuviera ordenado.

Nunca había utilizado los Vales Ambarinos para hacerme ordenar y limpiar.

Ha sonado el teléfono.

Corro para contestar.

Mi madre llega antes que yo, lo descuelga y escucha.

Le oigo decir:

—Lo siento, Brenda, pero Ámbar no puede ponerse ahora...

—Sí puedo... Ya estoy puesta —digo, mientras le tiro a mi madre de la manga.

Ella señala en dirección a mi cuarto con un dedo amenazador:

—¡Vuelve a tu habitación! Y esto va en serio: no vas a hacer nada hasta que no hayas arreglado tu cuarto.

—¡Pero, mamá...!

—No hay pero que valga —me dice—. ¡Arregla tu cuarto, ya... ahora mismo!

Y vuelve a hablar por teléfono:

—Brenda, Ámbar te llamará en cuanto termine con su cuarto... Sí, le recordaré que lleve el juego nuevo del ordenador cuando vaya a tu casa esta noche... Si es que para entonces ha dejado su cuarto en orden, la tendrás ahí con su juego. Si no ha terminado, no podrá ir.

Me vuelvo a mi cuarto rabiosa.

No hay derecho.

Mi habitación es un desastre, bueno, y qué. Yo, Ámbar Dorado, estoy segura de que la verdad es que no está tan furiosa conmigo por lo del desorden.

Me da la impresión de que está enfadada porque no he querido conocer al idiota de su novio.

Ésa es una de las razones por las que está de tan mal humor últimamente.

Sólo porque ha querido utilizar uno de sus Vales para hacerme decir que sí, que conocería a Max y saldría con ellos dos a cenar fuera. Y sólo porque le he dicho: «No, todavía no estoy preparada, y tú me prometiste que no tendría que hacerlo hasta que estuviera dispuesta. Me lo prometiste hace mucho tiempo... así que no puedes usar el Vale para eso».

Si conozco a Max, no tendré más remedio que aceptar que es una persona, que existe de verdad... que es alguien que está saliendo con mi madre.... Y si mi madre está saliendo con él... eso significa que cada vez es menos probable que ella y mi padre vuelvan a estar juntos.

¿Y qué ocurriría si conociera a Max y resulta que me gusta? Sería una faena para mi padre que está en París, en Francia, tan lejísimos de aquí.

Por eso no estoy aún preparada para conocer a Max, y seguramente no lo estaré nunca.

Me muevo por mi cuarto a zancadas, haciendo ruido, mientras meto cosas en las bolsas de basura: ropa sucia, ropa limpia, el libro que he estado leyendo la semana pasada y del que tengo que hacer un trabajo.

Y luego meto las bolsas en mi armario.

Después meto también todas las cosas que tenía amontonadas en el último estante de la librería: mi *Libro de papá,* que estaba allí porque me gusta mirar las fotos de mi padre que guardo dentro y hablar con él de vez en cuando; la bola de chicle que Justo y yo hicimos con nuestros chicles usados; el cuaderno de recortes que tía Pam y yo preparamos durante el viaje a Londres (dentro guardo hasta una costrita de un grano de la varicela que tuve allí para recordar lo mala que me puse).

Abro el cajón superior de la cómoda y meto dentro, de cualquier manera, todo lo que se encuentra encima.

Y luego me meto con la cama. Levanto un poco toda la ropa y estiro la sábana de abajo, la de arriba, la manta y la colcha... lo aliso todo un poco a manotazos... ya está... Es el «Estilo Ámbar Dorado de hacer camas».

Después, tiro mis muñecos de peluche sobre la cama.

Ahora no sólo hay una mujer loca y furiosa en casa, sino que también hay una niña loca y furiosa.

No hay, sin embargo, un hombre loco y furioso, porque él, mi padre, se enfadó tanto con mi madre y ella con él, que se divorciaron, y ahora él está en Francia por culpa de su estúpido trabajo.

A mí, Ámbar Dorado, me gustaría que las cosas volvieran a ser como eran antes... antes de que mi padre se fuera... antes de que Justo, mi mejor amigo, tuviera que marcharse... antes de que mi madre dejara de ser la mujer de mi padre, y antes de que Max, ese idiota de Max, conociera a mi madre y se hiciera su novio... antes de que fuera tan importante eso de que yo tuviera mi cuarto ordenado y limpio.

Eso es lo que me gustaría...

Tres

Me largo.

Me voy de casa.

Mi cuarto ha pasado la inspección.

He tenido suerte porque mi madre no ha mirado en el armario ni en los cajones de la cómoda. Si llega a hacerlo, seguro que a estas horas estoy todavía en mi habitación en vez de estar camino de casa de Brenda para pasar la noche con ella.

Mamá y yo vamos en el coche sin apenas dirigirnos la palabra.

Me ha dicho:

—No estoy nada contenta con la forma en que te estás comportando.

Bueno, tampoco yo estoy nada contenta con la forma en que se está comportando ella.

Mantengo la cabeza bien alta y miro hacia delante.

Luego echo una mirada de reojo a mi madre.

Le caen lágrimas por la cara.

Y ella no llora casi nunca.

Sólo la he visto llorar de verdad cuatro veces… Una vez fue cuando la llamaron por teléfono para decirle que su padre, mi abuelo, se había muerto... Y otra vez fue cuando mi padre se fue. Había dicho que quería que él se fuera; pero, a pesar de eso, lloró.

Y en otra ocasión la vi llorar cuando yo tenía cinco años y empecé a cruzar la calle y por poco me pilla un coche, aunque se paró a tiempo. Me gritó, me estrechó entre sus brazos, y me besó y me dijo que no volviera a hacer eso nunca. Y me dijo que me quería muchísimo y se echó a llorar.

Y ahora está llorando otra vez.

—¿Qué te pasa, mamá? —le digo, a la vez que le toco el brazo.

Ella aparca el coche junto a la acera y me mira:

—Ámbar, me lo estás poniendo tan difícil... Quiero ser una buena madre.

—Lo eres.

Se lo digo para que deje de llorar porque, aunque estoy enfadada con ella, la verdad es que lo es.

Se seca las lágrimas.

—También quiero ser buena conmigo misma, ¿sabes?

Me quedo callada.

—Me lo estás poniendo muy muy difícil —repite.

Yo sigo callada.

—Y no es tuya toda la culpa —continúa—. He leído un montón de libros… Algunas veces hasta temo que hablo como uno de ellos... Comprendo que algunas veces, bueno, muchas veces, resulta muy duro para un niño aceptar el divorcio de sus padres y que luego uno de ellos empiece a salir con otro. Lo comprendo... pero no me gusta.

—Tampoco a mí me gusta —le digo—. Y esto no es un libro. Es mi vida. Y yo no puedo remediar que quiera que papá y tú volváis a estar juntos y que no me guste que salgáis con otros.

Mi madre suspira:

—Tu padre está en Francia haciendo lo que le da la gana; tú no te enteras y, desde luego, a él no se lo pones nada difícil.

Pienso en lo que me está diciendo.

Aunque no me guste reconocerlo, creo que tiene razón.

Le digo:

—Si yo supiera que tiene una novia, le diría que no quiero conocerla; lo mismo que te digo a ti que no quiero conocer a Max.

—Pero ni siquiera sabes si tiene novia o no, ¿verdad? —dice en voz baja—. En cambio sí sabes lo que yo hago porque vives conmigo... y, Ámbar, ya sabes que quiero que vivas conmigo... No me estoy quejando ni me disgusta que sea así... Sólo quiero que me escuches, que trates de comprender y de ponerme las cosas un poco más fáciles.

Y le caen más lágrimas, que le ruedan por la cara.

—Yo te escucho y trato de comprender —me horroriza verla llorar.

Ella vuelve a hablar:

—Tú y yo vivimos juntas todo el tiempo. En algunas familias de divorciados, los niños viven temporadas con la madre y temporadas con el padre, lo que hace que cada uno de ellos disponga de un tiempo libre para disfrutarlo a su manera. Nosotros no somos, de momento, una familia que pueda hacer eso. Así que tú estás perfectamente al tanto de lo que yo hago y de con quién entro y salgo.

—Bueno, ¿y qué es lo que quieres que yo haga? —le pregunto.

Respira hondo y luego dice:

—Me gustaría que entendieras que yo tengo que tratar de vivir mi propia vida, conocer a gente nueva y dejar que esa gente forme parte de mi vida... de nuestras vidas.

—Gente nueva... ¿quieres decir Max? —pregunto y la miro de frente.

Asiente con la cabeza.

—Pues, sí, especialmente Max. Mira, Ámbar, no te estoy pidiendo nada tan terrible. Max Turner es uno de los hombres más agradables que he conocido en mi vida. Es un hombre bueno, simpático y alegre.

—¿Te vas a casar con él? ¿Esperas que yo vaya algún día a llamarle «papá»? —ahora soy yo la que está a punto de llorar.

Se encoge de hombros:

—No sé si llegaré a casarme con él, sólo sé que me gusta mucho... Y, no, no espero que le llames «papá». Tú ya tienes un padre. A Max puedes llamarle Max.

—Max —repito en voz baja, y recuerdo que hace tiempo conocí a un *Max,* aunque aquél era un perro.

Se me ocurre pensar qué pasaría si yo le dijese a Max el humano: «¡Túmbate y hazte el muerto!» ¿Lo haría?

Sonrío al pensar en Max el humano tirado por el suelo y haciéndose el muerto.

Mi madre también sonríe:

—¿Lo ves?... No te parece tan horrible la idea de conocer a Max; te estás riendo.

—Estaba pensando en *Max,* el perro de los Hawkins —digo con voz de mala—, y en cómo le mandaban tumbarse y hacerse el muerto.

Mi madre deja de sonreír y empieza a llorar otra vez, aunque sólo un poco.

La verdad es que odio verla llorar.

—Bueno, está bien... —suspiro y me rindo.

—¿Querrás conocerlo? ¿Me lo prometes? —su voz suena casi alegre.

—Prometo conocerlo, no prometo que me guste —digo, y pienso... «Bien, Max... túmbate en el suelo y hazte el muerto.»

—Algo es algo —dice entonces mi madre sonriendo.

Cuatro

—Voy a matar a mi hermano —Tiffani hace el gesto de retorcerle el cuello a alguien.

—Eso está prohibido por la ley —se ríe Brenda.

—¿Qué te ha hecho esta vez? —pregunto, mientras mojo mi patata frita en el catchup.

Tiffani se lanza a por otra patata frita, se la mete en la boca y la mastica haciéndola crujir.

Mientras ella traga, sonrío pensando en lo que me gusta su hermanito, que tiene cinco años y que hace siempre cosas que me divierten un montón.

Tiffani se come unas cuantas patatas más, mientras nosotras esperamos que nos cuente qué es lo que ha pasado.

Miro a Tiffani.

Algunos trocitos de patata se le han quedado sobre el pecho.

Si a mí se me cayeran de la boca trozos de patata frita, seguro que terminaban resbalando hasta el suelo.

Tiffani ha sido la primera chica de nuestra clase que ha tenido que empezar a utilizar sujetador.

Ana Burton se lo puso antes, pero la verdad es que no lo necesitaba para nada.

Tiffani nos explica:

—Ya sabéis que yo tengo una colección de muñecas Barbie. Bueno, aunque, ya no juego con ellas porque eso es de niñas pequeñas, pero las sigo guardando porque son mis Barbies.

Me acuerdo muy bien de toda la colección de muñecas de Tiffani; nos ha hablado de ella mil veces.

Tiffani continúa:

—Bueno, pues el monstruo de mi hermanito y los monstruitos de sus amigos estaban el otro día jugando con sus muñecos articulados y decidieron montarse una guerra... Cuando volví a casa, me encontré a todas mis Barbies ahorcadas con el hilo de bordar de mi abuela: estaban todas colgadas en el cuarto de estar. Barbie Profesora, Barbie Primer Baile, Barbie Universitaria, Barbie Patinadora, Barbie Ciclista... y todas las demás. En fin... aquello era un auténtico «barbicidio».

—Buf, ¡qué desastre! —dice Naomí, con una mirada de simpatía hacia Tiffani.

Tiffani le hace un gesto y sigue:

—Bueno, también ahorcaron a todos sus Geyper Man.

—O sea, Igualdad de Oportunidades Destructivas para Todos —digo yo.

Hay risitas generales y Brenda vacía lo que queda de la bolsa de patatas fritas por encima de mi cabeza.

Los trozos se escurren desde mi cabeza a mi camiseta y, desde allí, van directamente al suelo.

Tiffani dice:

—Uno de los monstruitos pisó mi trabajo sobre el libro y lo estropeó casi del todo. Mañana voy a tener que perder medio día rehaciéndolo.

Pienso en que mi trabajo a medio hacer está en una de las bolsas de basura escondidas en el armario. También yo tendré que ocuparme del trabajito sobre el libro que he leído, y tendré que hacerlo pronto.

Pero esta noche, mientras mi madre y Max andan por ahí juntos, yo, Ámbar Dorado, estoy con dos amigas pasándolo bien en una fiesta nocturna.

Y el trabajo para el cole... Bueno, ahora es sábado por la noche. Ya pensaré en eso el domingo. Después de todo… mañana será otro día.

Cinco

—¡Hecho... hecho... hecho...! —Naomí y Alicia gritan por las ventanillas del coche de la madre de Naomí, que me lleva a casa.

No puedo parar de reírme.

Y tampoco puedo parar de querer que no sigan cantando eso, porque la cancioncilla completa es: «¡Hecho... hecho... hecho... que se me note el pecho; usa... usa... usa... debajo de la blusa!». Es una cancioncilla que cantan las de sexto.

La noche pasada la cantamos nosotras mientras saltábamos en las camas.

No me sirvió de mucho, no he notado que se haya producido ningún cambio en mi cuerpo, excepto que estoy cansadísima.

Apenas se duerme nada cuando se pasa una noche con amigas fuera de casa.

Tiffani quería dormirse, pero no la dejábamos, y le decíamos al oído: «¡Cuidado con tu hermanito. Hoy ahorca a una Barbie... y mañana a su hermana mayor...!»

Llegamos a casa y miro bien para ver si hay algún coche desconocido aparcado en la entrada.

Quiero saber si Max está en casa.

No hay ningún coche; seguramente no está Max. No, no está dentro de casa.

Únicamente está mi madre, sentada junto a la mesa de la cocina bebiendo una taza de café.

—¿Lo has pasado bien esta noche? —me pregunta sonriendo.

—¡De fábula! —me pongo un vaso de leche y me siento—. La madre de Naomí nos dejó maquillaje que ya no le valía, y collares y pendientes. ¿Puedo hacerme agujeros en las orejas? Luego jugamos a «Di la verdad o paga prenda»... y todas tuvimos que decir el nombre del chico que nos gustaría tener como novio.

Mi madre se ríe y me dice:

—Oye, guapa, ya veo que te has pintado. Cuando seas mayor y uses maquillaje, espero que no te perfiles los labios con verde, ¿eh? Es sólo una sugerencia, ¿sabes? No lo tomes como una crítica.

Yo también me río:

—Estaba oscuro y era muy tarde. Creí que era un perfilador de los labios y resultó ser un lápiz de ojos.

Ella sigue sonriéndome:

—Ámbar Dorado, sabes muy bien que decidimos que podrías hacerte los agujeros en las orejas cuando cumplieras doce años.

—¡Mamá...! —le pido—, todas se los están haciendo.

Mi madre levanta una ceja.

Y yo estoy segura de que eso significa un «no» definitivo.

Entrecierro los ojos y saco hacia fuera el labio de abajo.

Ella sabe que ésta es mi mueca preferida para fastidiarla.

Cambia de tema:

—¿Y a quién elegiste como novio; o quizá preferiste pagar la prenda?

—La prenda era darle un beso a Federico Alden el lunes. Es el chico que se mete el dedo en la nariz y luego se lo chupa.

Mi madre hace un gesto de asco y me pregunta:

—¿Quién dijiste que querías de novio?

—Dije que Justo —suspiro acordándome de mi mejor amigo, que tuvo que irse a otra ciudad al final del curso pasado.

—Le echas mucho de menos, ¿verdad? —me acaricia el pelo.

Digo que sí con la cabeza.

Me pone triste pensar que Justo está tan lejos y que casi nunca me escribe.

Y no es que fuera de verdad mi novio: era mi amigo, sólo mi mejor amigo... Dije que me gustaría que fuera mi novio porque no quería de ninguna de las maneras tener que besar a Federico Alden.

Le echo de menos.

Seguro que él entendería por qué no quiero que mi madre salga con Max, por qué me hace tanta falta mi padre.

Mi padre nos llevaba a Justo y a mí al béisbol y algunas veces a pescar. También nos llevaba a ver las películas de terror que tanto odia mi madre.

—Ámbar —dice mi madre, con su voz más suave.

—Di —a veces me pongo nerviosa cuando me habla con esa vocecita... Es como si me pidiera que la escuchara con atención... y casi siempre es algo que yo no quiero oír.

—Ámbar... ¿te acuerdas de que dijiste ayer que sí estabas dispuesta a conocer a Max? Pues va a venir a buscarnos; nos ha invitado a salir a cenar con él esta noche —vuelve a llenar mi vaso de leche y luego me mira.

Tengo que pensar bien qué es lo que quiero decir, así que me quedo callada y quieta durante un minuto.

—Mamá... sí, dije que lo haría... pero no enseguida... no ya. Tengo que hacer los deberes. Y tengo que pensarlo... ¿Qué te parece si lo dejamos para las vacaciones de Navidad?

—Ámbar —dice muy seria—, estamos a principios de octubre; no vamos a estar esperando hasta finales de diciembre.

—Tengo que hacer un trabajo para el colegio —le digo, porque sé lo importante que es para ella que haga los deberes.

Frunce el ceño:

—Hazlo ahora. Tienes todo el día para acabarlo... y más te vale hacerlo bien. Max no vendrá hasta las seis. Tienes muchísimo tiempo. Vamos, Ámbar, me prometiste que conocerías a Max, incluso he gastado dos Vales Ambarinos para conseguirlo.

Me levanto.

Sé que no hay nada que hacer, es inútil discutir.

¡Y yo que había empezado el domingo de un modo tan estupendo...!

Y ahora ella me lo ha fastidiado.

Bueno, pues que espere, va a ver cómo le fastidio yo a ella su fiesta.

Seis

Subo las escaleras con rabia y haciendo mucho ruido camino de mi cuarto.

Pateo el primer escalón porque tengo que conocer a Max...

El segundo, porque voy a tener que sentarme a una mesa y cenar con él...

El tercero, porque mi madre me está obligando a hacerlo...

El cuarto, porque mi padre no está aquí para ver lo que está pasando y porque no va a volver a vivir con mi madre...

Pateo el quinto escalón con los dos pies porque mis padres han cambiado de vida sin contar conmigo para nada...

Y pateo todos los escalones que quedan porque sé que eso molesta a mi madre y porque, en este momento, a mis pies les apetece dar patadas.

Cierro mi puerta de un portazo.

A mis manos les apetece golpear.

Tiro la mochila encima de la cama y luego me lanzo yo detrás de ella.

Y, así, tumbada, me pongo a pensar en Max.

Sé que voy a odiarlo.

Apuesto a que se parece a un gorila... probablemente a un gorila idiota.

Apuesto a que es un tipo ordinario, y a que tiene pelos que le crecen hacia fuera de la nariz y los oídos; apuesto a que fuma cigarrillos y eructa y se suena los mocos con la servilleta y luego la pone sobre la mesa... y apuesto a que odia a las niñas de nueve años.

Finjo que uno de mis peluches es Max. Elijo al gorila.

Y hago como si fuera ventrílocua, poniendo la cara del gorila cerca de la mía. El gorila me habla:

—Vamos a ver, Ámbar, tengo entendido que no quieres que salga con tu madre.

—Exactamente —y miro furiosa a *Maxgorila.*

La voz del gorila dice:

—Pues da lo mismo que quieras o no: yo soy una persona mayor y se va a hacer lo que a mí me parezca.

—¡Porque tú lo digas, cara peluda! —le grito a *Maxgorila.*

—Pues sí, porque yo lo digo y porque también lo dice tu madre. Ya has visto cómo te ha obligado a conocerme —me dice él, en tono engreído.

Lanzo a *Maxgorila* al otro lado de la habitación.

Choca contra la pared y cae dentro de la papelera.

Quiero tranquilizarme, así que cuento hasta diez.

No me sirve de nada.

Cuento hasta veinte, treinta, cincuenta, cien...

Tampoco me sirve de nada.

Intento pensar en todo el trabajo que me queda por hacer.

Y tampoco esto me funciona. ¿Quién puede ponerse a pensar en hacer deberes en un momento como éste?

No puedo quedarme tranquila.

Me levanto y saco mi *Libro de papá.* Lo abro y me pongo a hablar con la foto que más me gusta de mi padre.

Le cuento lo que está pasando.

Le pido que venga a casa y que arregle las cosas.

Digo: «¿Qué pasaría si resulta que Max no es tan malo y acaba por gustarme? ¿Me odiará mi padre si sabe que me gusta Max y que voy a cenar con él y con mi madre?»

Me gustaría que mi padre me hablase cara a cara, persona a persona. Papá a Ámbar. Oírle una vez a la semana por teléfono no es suficiente.

Y, además, no me es fácil contarle todo esto por teléfono.

Se lo cuento a su foto y le pregunto qué es lo que piensa hacer para que no ocurra lo que está ocurriendo.

Pero es sólo una foto y, claro, no me contesta; y no quiero volver a fingir que soy ventrílocua y hacerle decir a él lo que yo quiero escuchar, así que sólo hay silencio.

Sólo silencio.

Pero por dentro estoy llorando... y no sé qué puedo hacer para que las cosas se arreglen.

Siete

Estoy sentada a la mesa del restaurante, haciendo una lista de las cosas que a mí, Ámbar Dorado, no me gustan.

1. No me gusta comer en restaurantes. Es aburridísimo... esperar a que te den una mesa... esperar para pedir las bebidas... esperar para que el camarero o la camarera venga a tomar nota... esperar a que te traigan la cena... esperar para pedir el postre... esperar para que te traigan la cuenta…

Yo, Ámbar Dorado, no sé muy bien por qué los que sirven en los restaurantes se llaman camareros, pero sí sé cómo deberían llamarse los que van a cenar a los restaurantes: deberían llamarse «esperadores».

Prefiero mil veces una hamburguesería o una pizzería. Esperas en una cola cortita y

eliges lo que tú quieres. O te quedas dentro del coche y te lo traen en una cajita con tus sobrecitos de mostaza y tomate. No tienes que andar diciendo: «Por favor, pásame el...» Lo tienes todo a mano, y algunas veces, hasta te hacen un regalito y todo. Y luego te lo comes y se acabó. No tienes que quedarte allí charlando durante horas...

2. No me gusta estar sentada en un restaurante con Max, que tampoco me gusta.

3. No me gusta estar todo el tiempo quejándome; pero, ¿qué puede hacer una niña cuando nada funciona como ella quiere que funcione?

—Ámbar, por favor, pásame la sal —me sonríe Max.

Le paso la sal.

Hubiera podido perfectamente pedirle a mi madre que le pasase la sal; pero no, ha tenido que pedírmelo a mí.

—Gracias.

—De nada.

Mi madre empieza a decir:

—Creo que vosotros dos... tenéis muchas cosas en común. A los dos os gustan las bromas, los dos os coméis el relleno de las galletas y dejáis lo demás...

«Vaya», pienso, «¿a que va a resultar que tengo que compartir con él mis galletas además de a mi madre?»

Ella sigue con su cháchara:

—Os gusta leer. Os gusta viajar. Os gustan las películas de terror…

Miro a Max:

—Mi padre me lleva a ver películas de terror. Me llevará a ver un montón de ellas cuando vuelva a casa.

—Ámbar... —dice mi madre, con su suave voz.

Max dice:

—Bueno, a lo mejor podemos ver unas cuantas mientras él está fuera.

—Mi padre me llevará a todas —afirmo.

—Ámbar... —vuelve a decir mi madre.

Max mira a mi madre, y le dice:

—Sara, cariño, tómatelo con calma.

¿Cómo se atreve a llamarla cariño? Eso es lo que mi padre la llamaba antes de que empezasen a pelearse. Eso es lo que mi madre me llama a mí.

Él pone su mano sobre la de ella, que está encima de la mesa, y se quedan así un rato.

Y yo, sin querer, derramo el contenido de mi vaso y mojo todo el mantel.

Mientras esperamos a que venga el camarero para limpiar el estropicio, mi madre intenta secar el líquido con su servilleta.

Ha tenido que separar su mano de la de Max.

No quiero que me guste Caragorila, no quiero que me guste nada.

Y está siendo tan amable... Parece que es de verdad como mi madre dice que es. Me revienta que esté siendo tan amable. Todo me sería mucho más fácil si mi madre estuviera saliendo con un imbécil integral. Entonces yo podría odiarlo de verdad.

Max y mi madre se están abrazando.

Miro fijamente a mi madre.

Ella y Max se están besando.

Me parece una ordinariez.

Digo:

—Mamá, espero que los hongos que tenías en la boca vayan mejor.

Después miro a Max y le sonrío:

—El doctor dice que los hongos en las chicas se curan, pero que los chicos que los pillan se mueren.

—¡Ámbar! —se enfada mi madre—. ¡Ya está bien!

Max se ríe.

Lo odio.

La verdad es que no se parece nada a un gorila. Tiene el pelo oscuro, los ojos pardos y se ríe todo el rato.

Mi madre continúa hablando:

—A los dos os gusta masticar chicle. Algún día tendrías que enseñarle a Max la bola de chicle que Justo y tú hicisteis.

Max finge que se mete en la boca un pedazo de chicle, que lo mastica, que hace un enorme globo, que le explota en la cara y que tiene que limpiárselo.

No voy a reírle la gracia a Max.

No voy a reírle la gracia a Max.

No voy a reírle la gracia a Max.

No voy a reírle la gracia a Max.

No voy a reírle la gracia a Max…

Ocho

La señora Solt está recogiendo todos los trabajos, todos... menos el mío y el de Eric.

Eric no ha venido hoy porque este fin de semana se ha roto un brazo.

Es increíble lo que pueden hacer algunos con tal de no tener que entregar sus deberes.

Me imagino que Eric no se ha roto el brazo aposta, pero tiene suerte, porque ésa sí que es una buena excusa... Pero, en el fondo, no es tanta suerte, porque tiene un brazo roto.

¿Se habrá roto Eric el brazo con el que escribe?

¿Debería yo haber hecho una lista de buenas excusas o quizá haberme roto un brazo? La verdad es que no me gusta romperme nada, ni siquiera una uña.

Yo no tengo la culpa de no haber hecho los deberes, de no haber preparado el trabajo sobre el libro.

El domingo estaba demasiado furiosa para ponerme a hacer el trabajo.

Cuando volvimos de la cena, le dije a mi madre que tenía que subir a mi cuarto para terminar los deberes, pero como Max no se iba, pues tuve que sentarme sin hacer ningún

ruido y bien escondida en lo alto de la escalera para espiarles.

Creí que no se habían dado cuenta de que estaba allí arriba escuchando lo que hablaban, hasta que Max levantó la voz:

—¿Te gustaría que hablemos más alto, Ámbar?

Se creerá que tiene mucha gracia.

Igual que mi madre, que se echó a reír cuando él dijo eso.

Así que subí pateando cada escalón y pegué el portazo correspondiente; mi madre subió detrás de mí y me dijo que ya estaba bien, que estaba empezando a hartarse, que había tratado de ser paciente conmigo, pero que estaba de mí hasta el moño y que era hora de que me acostase.

O sea, que me metí en la cama.

Así que la culpa de que no haya hecho el trabajo la tiene mi madre.

La señora Solt nos está llamando uno a uno para pasar lista y para que le entreguemos el informe.

—Ámbar Dorado —la señora Solt está diciendo mi nombre.

Digo en voz bastante baja:

—Sí, estoy aquí, pero no he traído mi trabajo. Lo traeré mañana.

Alguien canturrea:

—Mañana... mañana...

Y otro le corea:

—...porque me da la gana...

Ana Burton me mira y hace una mueca estúpida:

—Era de esperar...

La miro poniéndome bizca.

La señora Solt apunta algo en su cuadernito de notas y llama al siguiente.

He tenido la mala suerte de que éste no era uno de esos trabajos corrientes escritos en el cuaderno, que se entregan a la profe y sólo ella descubre que no lo has hecho. Éste es un trabajo especial que se supone que debe tener el aspecto de una caja de cereales.

En realidad, yo ya había empezado a trabajar en el mío. Se llamaba «*Copos de* Billy y el vestido rosa» (trataba sobre un libro de Anne Fine). Había hecho ya el resumen para la contracubierta, y ponía debajo:

INGREDIENTES ALIMENTICIOS

Evolución del protagonista 100%
Aventura 50%
Interés 100%
Personajes 100%
Diálogo 100%
Ilustraciones 80%

«Copos de Billy y el vestido rosa*»*
contiene los ingredientes nutritivos
que sólo se encuentran en las mejores
comidas para el pensamiento.

Y ya sabía lo que iba a poner en la cubierta... Pensaba hacer un dibujo de Billy y poner que dentro de la caja había una ficha del autor. La iba a preparar reuniendo datos sobre Anne Fine y una fotocopia de una foto suya.

Lo tenía casi todo hecho, pero lo destrocé cuando me puse tan furiosa y no terminé de prepararlo.

Había leído el libro y me había gustado.

Había hecho casi todo el trabajo.

Y sólo se trata del informe sobre un libro.

Así que está chupado.

Nueve

—Casi no puedo creer que no hicieras el trabajo sobre el libro. Ámbar, ¿qué te pasa? Estás haciendo unas cosas tan raras... —Brenda ha puesto un sándwich de atún en su bandeja.

Yo también pongo un sándwich y un cuenco de crema de chocolate en la mía.

A mí, Ámbar Dorado, me chifla la crema de chocolate. Algo que me encanta es hacerla

escurrirse entre mis dientes cuando me la estoy comiendo.

En este momento no tengo ninguna gana de hablar de por qué me estoy comportando de una manera rara.

Intento tomarlo a broma:

—La gente siempre ha dicho que yo era rara.

Dejo mi bandeja en el mostrador y agarro mis dos mechones de pelo como si fueran el manillar de una moto, y hago con la boca ruidos de motor.

Brenda siempre se ríe cuando lo hago.

Pero esta vez no le hace gracia.

Sin embargo, sonríe un poco cuando me dice:

—Esa clase de rareza tuya es la que me gusta... pero yo estaba hablando de otra clase de rareza.

Seguimos avanzando en la cola, junto al mostrador:

—A ratos estás de un humor de perros y ya no eres tan divertida como antes... Y no quieres hablar de lo que te está fastidiando.

Hago como si estuviera muy concentrada en decidir si quiero leche sola o leche con cacao.

Brenda suspira.

Pagamos en la caja y vamos a sentarnos.

En la mesa de la derecha, unos chicos de sexto están haciendo volar, soplándolas, las fundas de papel de las pajitas de las bebidas.

En la mesa de la izquierda, algunos de tercero están haciendo un concurso para ver quién es capaz de hacer que la leche le salga por las narices.

Desenvuelvo mi sándwich de mantequilla, mermelada de fresa y plátano, y le añado patatas fritas.

Naomí y Alicia vienen a sentarse con nosotras.

Y lo mismo hace Ana Burton.

Tener que estar sentada junto a Ana Burton es algo que me joroba la comida... además de hacer que me parezca un asco.

Ella saca su almuerzo, que se ha traído de casa.

Se trata de comida china; probablemente, sobras.

Adoro la comida china, pero jamás le pediría a Ana que me diera un poco.

Ana saca un par de palillos y empieza a comer con ellos.

¡Es más presumida...!

Me encanta la cocina china, pero odio los palillos.

La única forma en que sé usarlos es clavándolos en la comida; pero, si quiero hacer otra cosa, se me cae todo.

—Qué desastre eres, Ámbar. Mira que no haber sido capaz de preparar tu informe sobre un libro. ¿Es que no has encontrado ninguno que te interesase? ¿O es que se habían terminado en la biblioteca los ejemplares de *¡Qué asco de bichos!*?

Ana recoge con sus palillos unos cuantos fideos mojados en salsa de sésamo y se los mete limpiamente en la boca.

—¿Te gustan? Lombrices con baba roja de caracol. Mmmmm... Está bueno, ¿verdad? —comento con mi peor mala idea.

Ana deja caer los palillos durante un segundo; luego vuelve a agarrarlos.

—Eres tan infantil, Ámbar. Vas con retraso en tu maduración... Igual que vas con retraso en tu trabajo sobre el libro.

¿Qué aspecto tendría Ana si yo le metiese los palillos por la nariz?

Ver a Ana con sus palillos me recuerda que el año pasado, cuando estudiamos en clase la historia China, Justo y yo nos batimos con nuestros palillos.

¿Por qué no fue Ana la que tuvo que irse a Alabama en vez de Justo? Y habría sido mucho mejor todavía que hubiera tenido que irse a China.

Tiffani viene a sentarse con nosotras.

Abre la bolsa de su almuerzo, mira dentro, y dice:

—¡Voy a matar a ese enano!

—¿Qué pasa? ¿Qué te ha hecho esta vez? —sé de quien está hablando. «Enano» es de las cosas más suaves que Tiffani llama a su hermano pequeño.

Saca algo de su bolsa.

Es una muñeca Barbie envuelta en una loncha grande de mortadela. Uno de los brazos está clavado en la mortadela y el otro sale por arriba.

—Es Barbie Bocadillo —me río.

—¡Voy a matarlo! —Tiffani está medio divertida, medio furiosa—. Os digo que un día de éstos voy a hacerle algo, no sé qué, pero algo que le duela.

—¿Era ése tu almuerzo? ¿Quieres que te dé un poco del mío? —le ofrezco la mitad de mi sándwich.

Ella vuelve a mirar en su bolsa:

—No, gracias; ese asqueroso enano puso esto encima del tentempié que mamá me había preparado.

El resto de su almuerzo tiene un aspecto completamente normal.

Yo esperaba que el «enano» hubiera hecho algo más... por ejemplo, una Barbie Petardo o algo así... Pero la verdad es que, para un chaval de cinco años, lo que hace no está nada mal.

Seguimos comiendo y charlando.

Ana se tira encima el resto de su salsa de sésamo y se mancha el jersey.

Me encanta la hora del almuerzo.

Es un rato en el que puedo olvidarme de mis problemas.

Suena el primer timbrazo, recogemos nuestras cosas y vamos a tirar los papeles y las sobras al cubo de la basura.

Camino de la clase, la señora Solt me llama:

—Ámbar.

Me acerco para ver qué quiere.

Es muy simpática, pero sé que ahora está enfadada conmigo.

—Ámbar, quiero que vengas a hablar conmigo cuando terminen las clases, antes de que te vayas a casa.

Le digo que sí con la cabeza.

Yo, Ámbar Dorado, estoy metida en un buen lío.

Diez

Suena el timbre del final de las clases.

Todos se levantan y se van.

Yo me quedo sentada en mi sitio.

—Te espero a la salida —me dice Brenda en voz baja—. ¡Buena suerte!

Ana Burton me echa una sonrisita imbécil. Imbécil, imbécil, imbécil... eso es lo que yo pienso que es Ana Burton.

Todos han salido ya.

Sólo quedamos en la clase la señora Solt y yo.

Me duele la tripa.

Yo, Ámbar Dorado, nunca había tenido problemas en el colegio... Quiero decir, no por las notas o por no haber hecho los deberes. Algunas veces, por hablar o reírme en clase, pero no por nada importante... y no sé qué es lo que va a pasar ahora.

Me levanto y voy hasta la mesa de la señora Solt y me quedo allí esperando a que acabe de escribir en su cuaderno de notas.

Permanezco allí de pie y miro al reloj mientras espero.

Algo raro le pasa a ese reloj. Me parece que llevo de pie horas y, sin embargo, según él sólo han pasado unos minutos.

La señora Solt levanta la cabeza y me mira.

—Traeré mi trabajo mañana —prometo.

—Ámbar, trae una silla y ven; siéntate aquí, a mi lado.

Acerco una silla y me siento junto a su mesa.

Su mesa me parece enorme y su silla es mucho más alta que la mía.

Miro hacia arriba, intento sonreír y espero a que me diga algo.

Y ella sigue callada un rato.

Desde luego algo extraño le está pasando al reloj. Su tic-tac suena cada vez más fuerte.

No puedo soportar por más tiempo el silencio:

—Señora Solt, le prometo que mañana traeré el trabajo.

—Ámbar, ¿qué voy a hacer contigo? Mandé una nota a tu casa. ¿Quieres que empiece a enviar otras notas explicando los deberes que tienes que hacer para que tu madre me las devuelva firmadas? ¿De verdad es eso lo que quieres?

—No —me muerdo el labio, tratando de no llorar.

Ella mira el cuaderno de notas:

—No traes hechos los deberes... No es sólo ese informe sobre el libro... tampoco has hecho tres problemas de matemáticas, ni los ejercicios de redacción... y has tenido notas muy bajas en tres controles...

—¿Todo eso? —pregunto, aunque ya sé que está diciendo la verdad.

—Sí, todo eso —afirma, y cambia de tono para decir—: Mira, Ámbar, yo sé que puedes trabajar bien. He repasado tu libro de notas y he hablado con tus antiguos profesores.

—¡No son tan antiguos! —digo, y enseguida me pongo la mano sobre la boca.

No sé cómo he podido decir eso; se me ha escapado. Se me ha pasado por la cabeza y lo he soltado tal cual.

Ella me mira durante unos segundos.

Me parece un rato larguísimo pero, por fin, sonríe.

La señora Solt tiene una sonrisa muy simpática, especialmente teniendo en cuenta que me la está dedicando a mí, que soy una «insuficiente».

Ámbar Dorado. Cuarto grado. Calificación: insuficiente.

—Ámbar... —me dice.

—Lo siento —le digo yo.

Ámbar Dorado, yo, lo siento; siento pena de mí misma.

—Como te estaba diciendo, he hablado con tus profesores de cursos pasados...

Pienso... «Ellos me aprobaron, me pasaron de curso... Por favor, déjeme pasar este curso también»... Pero sólo lo pienso, no lo digo en voz alta.

—Y, ¿sabes una cosa, Ámbar? Cuando hablé con el señor Coten me contó lo que había escrito en tu informe de fin de curso: lo mucho que le había gustado tu sentido del humor, tu interés por todo, tus ganas de preguntar siempre, tu coraje para enfrentarte a cosas nuevas, aunque fueran difíciles... He podido ver algo de todo eso en ti, pero me gustaría ver más... y también, desde luego, me encantaría ver más deberes bien hechos.

Nos sonreímos la una a la otra.

—Ámbar, sé que puedes trabajar bien —repite—. ¿Qué te pasa? ¿Puedo ayudarte en algo? ¿Hay algo o alguien en el colegio que pueda servirte de ayuda? Ya sé que últimamente ha habido cambios en tu vida, y estoy tratando de ser comprensiva... pero eso no es excusa para que dejes de hacer tu trabajo.

—No me pasa nada —trato de no llorar—. Haré los deberes, lo prometo. Por favor, no me haga llevar a casa más notas de ésas.

Se queda pensando durante un ratito.

Yo sigo sentada a su lado, sin moverme.

—Bueno, de momento no te daré más notas para que las lleves a casa, pero quiero que mañana me traigas el informe sobre el libro y que hagas todos los deberes atrasados que no has hecho hasta ahora. Y por cada día de retraso te bajaré un punto en las notas que hubieras merecido si hubieras entregado el trabajo a tiempo.

—¿Podré hacer trabajos extras para mejorar las notas? —me muerdo el labio.

—No —sacude la cabeza—, no; en este caso, no. Trabajos extras para mejorar las notas pueden hacerlos los que ya lo han hecho todo lo mejor que pueden y necesitan obtener mejor puntuación, o los que ya lo están haciendo muy bien y quieren todavía hacer más. Tú no estás en ninguno de esos dos casos.

Cierra su cuaderno:

—Ahora tienes la oportunidad de mejorar tus notas. Lo único que tienes que hacer es traer todos los trabajos que no has hecho hasta ahora.

Me da una lista de los ejercicios que le debo, y me dice:

—Mañana voy a proponeros en clase un nuevo trabajo. Hazlo bien. Será muy importante que lo hagas. Te ayudará a subir las notas de este trimestre y me demostrará que hablas en serio cuando dices que, con toda seguridad, vas a cambiar para mejor.

Digo que sí con la cabeza.

Yo, Ámbar Dorado, puedo no ser seria en muchas cosas, pero en esto sí que lo voy a ser.

Once

TRABAJO: «DAR INSTRUCCIONES»

Preparaos para dar instrucciones a la clase. Sed lógicos. Sed concisos. Podéis explicar cómo construir, hacer o preparar algo (por ejemplo, cómo construir un fuerte, hacer un traje, preparar una fiesta o tocar un instrumento). Las instrucciones tienen que resultar claras.

Además de dar instrucciones, cread algo original que tenga que ver con lo que estáis explicando (por ejemplo, hacer un póster, una película o un programa de ordenador).

La explicación a la clase puede durar entre cinco y quince minutos.

Releo lo que nos ha escrito la señora Solt en la pizarra.

No tengo ni idea de lo que puedo hacer.

—Pensad en ello —nos dice la señora Solt a todos—. Mañana, cada uno deberá decirme qué es lo que quiere hacer.

Que explique cómo se hace qué... ¿Qué esperará ella que haga yo? ¿Qué puedo hacer para conseguir la mejor nota posible? ¿Cómo podría yo conseguir impresionar a la señora Solt?

«Cómo hacer...» Miro a mi alrededor para ver si de algún rincón surge una idea que me sirva...

Cómo redecorar la clase... Cómo conseguir que Federico Alden deje de chuparse los mocos... Cómo hacer una de esas horribles muñecas de ganchillo que cubren los rollos de papel higiénico... Cómo lograr no tener que llevar a casa las dichosas notitas que mi madre tiene que devolver firmadas... Cómo sacar tiempo para hacer este nuevo trabajo cuando todavía tengo que dedicarme a hacer los que tenía atrasados... Cómo sobrevivir a este agobio... Cómo encontrar una idea estupenda para este trabajito...

—¿Podemos trabajar en equipo? —pregunta Naomí.

La señora Solt responde que no con la cabeza.

Me duelen los sesos de tanto pensar para encontrar una buena idea.

Garabateo en mi cuaderno de notas y escribo:

«Hecho... hecho... hecho...
¿No me caerá del techo
ea... ea... ea...
alguna buena idea?»

Pienso que quizá debería seguir como hasta ahora y dejar que la señora Solt escribiera a mi madre esas dichosas notitas que tanto la fastidian.

Le estaría bien empleado por andar saliendo con Max.

Y se lo tendría que contar a mi padre, y también el se fastidiaría.

Le estaría bien empleado por haberse marchado a Francia y estar tan poco tiempo conmigo.

Les estaría bien empleado a los dos por haberse divorciado.

Ámbar Dorado... Desastre escolar...

Sara Thomson y Phil Dorado... mis padres... Desastre familiar.

Suena el timbre del recreo.

Agarro mi almuerzo y voy hacia la puerta.

Brenda ya ha salido disparada.

Algunos días sale corriendo hacia el servicio de las niñas.

No le gusta nada pedir permiso en clase para ir al baño.

Uno de los chicos siempre bromea:

—Espero que todo te salga bien...

La señora Solt me dice sonriendo:

—Muy bueno tu trabajo sobre el libro, Ámbar.

—¡Gracias! ¿Qué nota me ha puesto? —pregunto—. Tengo que saberlo.

—Un siete. Te hubiera puesto un nueve si lo hubieras entregado a tiempo.

Camino del comedor voy pensando en ello: «Un siete… Bueno, no es una nota estupenda, pero no está nada mal».

Y me río.

Algunas veces me río de mí misma.

Llego al comedor.

Me siento con mis amigas.

—Ese puerco mocoso... —Tiffani está abriendo su bolsa del almuerzo.

Esta vez, el brazo de una Barbie sobresale por la tapa de un yogur.

—Es Barbie Socorrista —digo—. Oye, a lo mejor tu trabajo podría ser: «Cosas que se pueden hacer con una Barbie». Tu hermanito te podría ser de gran ayuda, ¿no crees?

—Lo que creo... —Tiffani finge ferocidad—. Lo que creo es que mi trabajo podría ser: «Cosas que se pueden hacer con un hermanito».

—«Hermanito destripado» —sugiere Roberto—. O, ¿qué te parece «Picadillo de hermanito con anchoas»?

—¡Eh, marrano, ya está bien...! ¡Que estoy comiendo! —protesta Alicia, haciendo gestos de asco.

Roberto no puede parar:

—«Hermanito al microondas», «Hermanito al ajillo».

Roberto ha sido durante un tiempo hijo único, como yo.

Luego, su madre volvió a casarse, y ahora acaba de tener un niño.

Creo que Roberto no está precisamente encantado de haber dejado de ser hijo único.

Y desde luego yo, Ámbar Dorado, lo entiendo muy bien.

—Ya sé sobre qué voy a hacer ese trabajo —dice Brenda—. Voy a enseñaros a todos el lenguaje de los gestos.

—Yo ya me sé el lenguaje de los gestos —asegura Roberto.

—El único lenguaje de gestos que tú conoces es el de las groserías —Jaime se muere de risa.

Son unos niñatos...

Brenda no les hace caso, y sigue:

—Voy a enseñaros algunos gestos y luego os explicaré cómo una canción que todos conocemos se puede transmitir con gestos y se puede interpretar. Resultará divertido.

—¿Y tú, cómo es que entiendes de eso? —estoy sorprendida.

Yo creía que lo sabía todo de Brenda y ahora resulta que no.

Cuando se vino a vivir aquí, hace un año, Justo y yo éramos amigos; pero la verdad es que yo no le hice mucho caso y no hemos empezado a conocernos a fondo hasta el mes pasado. Supongo que se tarda bastante en saberlo todo de otra persona.

—¿Te acuerdas de mi prima de California, la que me enseñó a hacer trencitas? —me dice.

Sí que me acuerdo; ayudó a que Brenda se sintiera mejor cuando se vino a vivir aquí y estaba triste porque no había hecho aún buenos amigos.

—Bueno —continúa diciendo Brenda—, pues su mejor amiga es sorda, y ellas me enseñaron el lenguaje de los gestos. Lo hago bastante bien.

Mueve rápidamente las manos haciendo gestos diferentes.

—¿Qué has dicho? —quiero saber.

—He dicho: «¿Quieres la mitad de mi chocolate?» —se ríe.

Me relamo y le digo que sí con la cabeza.

—Sí —dice ella, y hace un gesto con las manos.

Yo repito el gesto.

Y ella me pasa su chocolate para que me coma la mitad.

—¿Qué gesto hay para decir gracias? —pregunto.

Y ella lo hace. Yo lo imito y le doy un mordisco al chocolate.

Estos chocolates con relleno de bizcocho por dentro están estupendos.

Mi madre y yo sabemos hacer un bizcocho buenísimo.

Y, de repente, ¡se me ocurre una idea!

Doce

¡DORADITOS ÁMBAR!

Sentada en mi cama, empiezo a tomar notas:

«Cómo hacer doraditos Ámbar…»

Eso es.

He decidido explicar cómo se hacen los doraditos.

«Doraditos... bizcochos de chocolate que tendrán un color dorado precioso…»

«…y que no serán unos bizcochos de chocolate cualquiera.»

Ya sé que con unos bizcochos corrientes de chocolate no podría conseguir un diez... pero es que los que yo voy a preparar van a ser algo extraordinariamente especial. Yo, Ámbar Dorado, voy a hacer los mejores doraditos del mundo.

Y voy a explicar... las explicaciones más claras.

Y voy a hacer mil pruebas... Doraditos con crema, doraditos con yogur, doraditos con jarabe de menta, doraditos con flan...

Voy a escribir un libro de cocina entero sobre los doraditos Ámbar.

Escribiré a personajes famosos, y les pediré que me den sus recetas para hacer bizcochos y que me cuenten historias de bizcochos y recuerdos que tengan acerca de ellos.

Y luego prepararé un cuestionario sobre bizcochos.

Y crearé imágenes de bizcochos en el ordenador.

Y haré un diseño especial para el papel de envolver los doraditos Ámbar.

Y me inventaré un personaje y contaré historias sobre él o ella... Todavía no sé bien como será... quizá Caperucita Dorada o el Príncipe Ámbar.

Y también escribiré la canción *Doraditos Ámbar.*

Y conseguiré un diez.

Y seguramente ganaré tropecientos millones, aunque es muy probable que antes me salgan miles de granos por todo el cuerpo a causa del trabajo de investigación que voy a tener que hacer.

Pero... ¿qué importa? Yo, Ámbar Dorado, voy a conseguir la mejor nota de la clase con este trabajo.

Dejo el bolígrafo y echo a correr escaleras abajo:

—¡Mamá! —grito.

—¡Ámbar! —me grita ella a mí— ¡No me grites!

Entro a todo correr en la cocina:

—¡Mamá, tenemos que ir de compras!

Freno en seco.

Mi madre está sentada en la mesa de la cocina y a su lado está Max.

Y no sólo está sentado junto a ella: está sentado en la silla en la que se sentaba mi padre.

—Hola, Ámbar —me saluda Max con una sonrisa.

—¿Qué haces tú aquí? No sabía que ibas a venir —le digo.

—Ámbar —mi madre me mira seriamente—. No seas maleducada.

—No soy maleducada —le contesto—, sólo digo que no sabía que fuera a venir.

—Tampoco tu madre lo sabía. Pasaba por aquí cerca y decidí venir a veros —dice Max, y sonríe a mi madre.

Miro las flores que hay encima de la mesa y que no estaban allí cuando subí a mi cuarto hace media hora. Junto al florero hay un sobre en el que pone «Sara».

«Ya, seguro», pienso, «como que me voy a creer eso de que pasabas por aquí y...»

—Bueno, sí, he mentido al decir que pasaba por aquí cerca —dice Max.

—Ya lo sabía —le contesto, sonriendo.

Resulta difícil no reírse con Max.

Pero yo no quiero reírme.

No me da la gana que este tipo piense que puede dejarse caer por aquí siempre que le apetezca.

—Mamá —me vuelvo hacia ella—, tengo que ir de compras. Es para un trabajo del colegio. Tengo que ir al súper.

—Ámbar, ¿por qué no me lo has dicho esta mañana cuando salí a hacer la compra? Esta tarde tengo trabajo aquí, no puedo salir.

—Pero, mamá, es para un trabajo de clase. Tengo que explicar cómo se hace una cosa... Voy a explicar cómo se hace el bizcocho. Tengo que ir a comprar cosas. No querrás que saque malas notas ¿verdad?

—No, claro que no quiero —suspira—. Dime lo que necesitas y para cuándo.

Les cuento todo lo que he pensado:

—Y tengo que ensayarlo este fin de semana... hoy o mañana... Tengo que probarlo para estar segura de que todo me va a salir bien cuando lo haga delante de toda la clase... Tiene que salirme todo estupendamente bien. No tenéis ni idea de la gran importancia que tiene este trabajo para mí. ¡Por favor, por favor, por favor...!

Desde luego, no quiero que mi madre descubra nunca lo verdaderamente importante que es para mí, y cómo necesito salir bien de esto para compensar todos los trabajos mal hechos o... no hechos, que debo en clase.

—Oye, Sara, yo puedo llevar a Ámbar al súper ahora. Tú te quedas aquí trabajando mientras nosotros estamos fuera y luego os invito a cenar una pizza —deja de dirigirse a ella y se vuelve a mí—: Claro, que no será una pizza de bizcocho ¿eh?

«Pizza de bizcocho», pienso, «Pues a lo mejor no es mala idea.»

Mi madre lo está mirando:

—Max Turner, te he dicho que esta tarde tenía trabajo... y que mañana podríamos estar un rato juntos. Eres un liante...

Estoy de acuerdo. Max es un gran liante.

Seguro que se está ofreciendo a ayudarme únicamente para poder estar luego más tiempo con mi madre.

—Mañana —dice— podemos trabajar en los bizcochos los tres.

—¿Es que mañana vas a estar todavía aquí? —quiero saber.

Mi madre me mira.

Luego mira a Max.

Después vuelve a mirarme a mí.

Y luego a Max...

Max mira a mi madre.

Y luego me mira a mí:

—Me gustaría que nos tomáramos la pizza los tres juntos y después, como sé que tu madre tiene trabajo pendiente, me marcharé en cuanto hayamos terminado.

Mi madre le sonríe.

Y él le sonríe a ella.

Muchas sonrisitas hay por aquí hoy… demasiadas...

Y Max sigue hablando:

—Como el plan era que mañana Sara y yo pasaríamos un rato juntos, creo que podríamos emplear ese tiempo en ayudarte a preparar tu trabajo, ¿qué te parece?

Me gustaría que dejara de ser tan amable... Un día de éstos voy a tener que hacerle algo terrible para conseguir que se enfade... Pero no hoy.

Hoy necesito ir de compras.

Trece

—¡Adelanteee....! —digo, mientras me pongo el cinturón de seguridad.

«Adelante» es lo que dice mi tía Pam siempre que vamos a algún sitio. Se ha convertido en una especie de expresión familiar que decimos cuando iniciamos un viaje.

Casi no puedo creer que se la haya dicho a Max que, desde luego, no es de la familia. ¡Ójala no se la hubiera dicho…! Pero, ¿cómo puedo «desdecirme» ¿Podría recuperarla si la digo al revés? ¡Etnaleda...!

—¡Etnaleda! —digo bajito.

—¿Qué? —pregunta Max, mientras da marcha atrás con el coche para enfilar la calle.

—No, nada —le digo.

Ésta es la primera vez que estoy a solas con Max... Hay un montón de cosas que quiero decirle... y otro montón de cosas que quiero preguntarle.

Y empiezo:

—¿Tienes hijos? ¿Has estado casado alguna vez? ¿Quieres casarte con mi madre? ¿Sabes que, aunque mi padre y mi madre estén ahora divorciados, a lo mejor vuelven a vivir juntos... y lo que pasa es que están descansando un tiempo el uno del otro... algo así como si se estuvieran tomando un recreo?

Max sigue conduciendo, no me dice ni una palabra.

Me pone nerviosa eso de que no diga nada.

Yo nunca he tenido que estar con nadie con quien mi madre estuviera saliendo... principalmente porque mi madre no empezó a salir con amigos hasta mucho después de la marcha de mi padre... Y después, porque ella me dijo que yo no tendría que conocer a ninguno de sus amigos, a menos que esa amistad suya fuera algo serio; y ahora me ha hecho conocer a Max, así que pienso que esto debe de ser serio.

Así que sigo diciendo:

—¿Sabes que mi madre y yo estábamos la mar de felices viviendo las dos solas? Y queremos seguir igual... hasta que mi padre vuelva de Francia. Y entonces volveremos a vivir juntos los tres... mi madre... mi padre... y yo.

Espero que ahora me diga algo.

Antes de que lleguemos al supermercado, Max detiene el coche delante de La Polar, mi heladería preferida.

—No voy a dejar que me sobornes —le advierto.

Max echa el freno de mano y dice:

—Ya lo sé; pero creo que deberíamos hablar, y cuando yo hablo con mis amigos suelo tomarme con ellos una taza de café. Sin embargo, como ahora no me parece oportuno que tomemos café...

—Yo no tomo café —le digo— y no creo que ninguna niña de nueve años lo haga... Bueno, a mi amigo Justo le gustaba el helado de café, eso sí.

Salimos del coche y pedimos helados.

Yo pido dos bolas de sabores combinados: una de chocolate con menta y otra de vainilla y fresa.

Max pide helado de café.

Nos sentamos.

Mezclo las dos bolas de helado y espero a que él empiece a contestarme.

El chocolate con menta y la vainilla con fresa mezclados tienen un aspecto un poco asquerosito.

Max empieza a hablar:

—Nunca he estado casado. No tengo hijos. Tengo una sobrina, que es hija de mi hermana, a la que quiero mucho; se llama Jade. El padre de Jade se fue antes de que ella naciera, así que yo he sido para ella un poco como su padre. Tiene seis años.

—Mi padre nunca hubiera hecho una cosa así —digo.

—Lo sé, tu madre me ha dicho que tu padre te quiere mucho —dice Max.

—Sí, me quiere mucho —y sigo preguntando—: ¿Tú quieres casarte con mi madre?

—Mira, Ámbar, tu madre y yo llevamos poco tiempo saliendo juntos, sólo desde este verano. No hemos hablado de matrimonio aún... pero cuando lo hagamos, seguro que tu madre te hablará de ello.

—¡Has dicho *cuando* lo hagamos y no *si* lo hacemos! —al hablar, un poco de helado se me sale de la boca y se me escurre por la barbilla.

—¡Ah, sí!, ¿lo he dicho? Pues mira, eso sí que es interesante —parece sorprendido.

—Mi padre va a volver pronto —le recuerdo entonces.

—Sí, tu madre ya me ha contado que él espera poder volver pronto; pero, Ámbar, creo que deberías hablar con tu madre de eso... es decir, de si ellos van a volver a vivir juntos o no.

Me pongo de pie:

—Creo que deberíamos ir a hacer las compras ya.

Él se levanta también. Agarra una servilleta y me limpia el helado de la barbilla.

—¿Estás siendo amable porque quieres gustarme? —le pregunto.

—Estoy siendo amable porque, básicamente, yo soy amable —me guiña un ojo y se ríe—. Y sí, quiero gustarte; pero a mí no va a gustarme nada, en cambio, que andes tratando de enredar las cosas entre tu madre y yo... Trataré de ser comprensivo... y de recordar lo insoportable que fui para el hombre que se convirtió en mi padrastro.

¡Padrastro! No me gusta nada de nada esa palabra...

—¿Me contarás alguna de las cosas que le hiciste? —quiero saberlo, es una información que me puede ser útil en el futuro.

—¡Ni pensarlo! —se ríe—. ¿Para qué iba a contártelo?, ¿para que me lo hagas tú a mí? ¿Crees que soy tonto?

Sólo lo miro y me río.

—¡No, no te molestes en contestar! —también él se está riendo.

—Puedes decírmelo; venga, cuéntamelo. Dijiste antes que eras un tipo amable. Sería «muy amable» por tu parte que me lo contases...

—Es que no soy tan «muy amable» —me asegura.

Algún día conseguiré que me lo cuente... y después yo le haré las mismas cosas a él... Lo que él hiciera... No quiero que todo le sea demasiado fácil a Max.

Está empezando a gustarme... pero no quiero que me guste demasiado... Después de todo, ¿qué pasará si él decide quedarse... o, y si empieza a gustarme mucho, y entonces él se va?

Nos metemos en el coche, vamos al súper y nos hacemos con un carrito.

Empezamos a hacer las compras.

Jugamos al superbaloncesto. Encestando, más bien «encarrando», desde lejos lo que vamos eligiendo; todo menos los huevos y el aceite. Si se tiran las cosas desde más lejos, se ganan más tantos.

Desde luego, lo que sí nos ganamos son unas miradas de lo más extrañas de los otros clientes.

Después jugamos a «¿Cuánto pesa?»

Max agarra una cosa, me la pasa y los dos calculamos su peso.

Luego él la lleva hasta la balanza que hay donde las frutas y vemos quién ha ganado.

Voy ganando quince a siete.

—¡Dos tantos! —grito, y lanzo una bolsa de limones al carro.

Max hace como que va a defender el carrito, pero la bolsa entra.

Hay aplausos y gritos entusiastas. Son los hermanos Nicholson, Danny, Ryan y Kyle.

Danny, que está en tercero, le hace a Max el signo de la victoria, y me dice:

—Tu padre es divertidísimo...

Max sonríe.

—¡No es mi padre! —le grito, y Danny no entiende a qué vienen mis chillidos.

Max se ha puesto serio y triste.

Los miro a los dos y, a continuación, le explico a Danny:

—Es amigo de mi madre —y luego añado—: Y mío también.

Max parece estar alegre otra vez.

Y yo me alegro de haber dicho que es mi amigo.

Y también me siento un poco culpable.

No estoy segura de si a mi padre le va a gustar toda esta historia de Max, y tampoco sé qué le va a parecer que diga que es mi amigo.

Max lanza una bolsa de gominolas al carro:

—¡Dos tantos!

Para cuando llegamos a la caja, estamos empatados.

No hay ganador.

Ni perdedor.

Catorce

Hoy es el Día de Preparar Bizcochos, y Max ya está aquí.

Todos los ingredientes que ayer guardé en la nevera están sobre la mesa y ahora estoy sacando de las bolsas todo lo demás.

—Casi no puedo creer que hayáis... —mi madre nos mira con cara de asombro.

—Pues créetelo, guapa —Max está detrás de ella y le pasa los brazos por la cintura.

Y ella ni se mueve, le deja hacer.

Yo sigo echando cosas sobre la mesa.

—Cuando llegasteis anoche, yo debería haber echado un vistazo lo que traíais —dice mi madre.

Regaliz... bombones... guindas en dulce... frutas escarchadas... natillas... peladillas...

nueces... una lata de atún... chocolate amargo... chocolate con leche... chocolate blanco... una bolsa de patatas fritas... palomitas saladas... palomitas dulces... caramelos de violeta... gusanitos de chocolate... una caja de cereales... mantequilla de cacahuete... yogures de frutas... tocinillos de cielo... dulce de membrillo... mermelada de moras...

—¡Esto es una monstruosidad! —dice mi madre.

—Ya lo sé. ¡Es fantástico! —le digo yo.

—Jamás volveré a dejaros que vayáis de compras juntos —asegura—, nunca más.

Todo el rato nos ha estado mirando medio risueña, medio indignada, y moviendo la cabeza de un lado a otro con gesto de incredulidad. Está empezando a parecerse a uno de esos muñecos balanceantes que algunas personas llevan en sus coches.

Pienso que la cabeza se le caería del todo si supiera *cómo* hemos hecho la compra Max y yo.

Max.

Le ha tapado los ojos a mi madre con una mano y con la otra le ha metido en la boca algo que ha elegido de entre lo que tenemos en la mesa. Ella tiene que adivinar qué es.

Las gominolas le resultan muy fáciles de adivinar.

Y también identifica enseguida una nuez, una peladilla y un trocito de chocolate.

Max le pone ahora una guinda.

—Esto es una pera en dulce —dice mi madre.

—Pues no, te has equivocado... —Max retira la mano de la cara de mi madre y le da un beso.

Yo, Ámbar Dorado, podría explicarle ahora a Max que en el lenguaje de mi madre «una pera en dulce» quiere decir algo superfácil... pero algo me hace suponer que Max ya lo sabe.

Yo, Ámbar Dorado, podría también explicarle que no sé muy bien cómo me sienta verle besar a mi madre.

Mi madre se ríe y luego me echa una mirada.

Tiene aspecto de sentirse un poco culpable, porque sabe que a mí no me entusiasma precisamente verlos besarse.

Doy unas palmadas:

—Venga, vamos, ya está bien de perder el tiempo. Vamos a encender el horno para el precalentamiento.

Mi madre y Max se ríen a coro.

Yo no les entiendo.

—¿De qué os reís? —quiero saber.

—De nada —mi madre se separa de Max, y enciende el horno.

Max empieza a separar y distribuir sobre la mesa los papelillos rizados de las madalenas que vamos a utilizar en vez de las bandejas del horno; queremos hacer bizcochitos pequeños de prueba, con distintos ingredientes.

—¿Qué es lo que encontráis tan divertido? —vuelvo a preguntar.

—Nada —dice otra vez mi madre.

Y yo la miro con gesto enfurruñado.

—Son cosas nuestras —me explica ella entonces.

Bueno, pues yo opino que Max y mi madre no deberían tener «cosas suyas»; al menos, no tan pronto.

Me revienta eso de que los mayores se rían delante de ti y luego te digan que son «cosas suyas».

Es lo mismo que cuando eres pequeño y los adultos se hablan entre ellos con medias palabras y tú no te enteras de qué va la conversación.

No hay derecho.

Los padres siempre se empeñan en que los niños les digan de qué se trata cuando ellos dicen que son «cosas suyas».

Y los profesores siempre dicen cosas como:

—Ámbar, por favor, ¿quieres hablar en voz alta para que nos enteremos todos de lo que estás contando?

Y si se te ocurre decir:

—Pues no, no quiero —te obligan a contarlo de todas formas o te castigan a quedarte después de las clases.

—El horno está ya caliente —dice mi madre—. Venga, empecemos la tarea.

Max dice que es un *chef* francés:

—Ahora es el momento de romper y batir los huevos...

Mi madre empieza a cantar la canción de los enanitos de Blancanieves:

—Hai-ho, hai-ho, vamos a trabajar... —y dice que ella es uno de los enanitos... Y yo pienso que si se tratará del Tontito.

Max dice que él es el octavo enano, el que siempre siempre tiene hambre.

Yo finjo que soy una persona mayor y los regaño por no tomarse el trabajo en serio y los advierto que no deberían comer tanta masa de bizcocho cruda (cosa que yo sí estoy haciendo).

Tenemos los tres las caras manchadas de chocolate.

Max acaba de preparar un bizcocho de atún y gelatina de fresa.

Mi madre lo mira con una horrible cara de asco.

Ella ha preparado un bizcocho de crema de limón y gusanitos de chocolate.

Yo he cubierto mi bizcocho con gominolas y también las he metido adentro.

Suena el teléfono.

Es mi padre.

Quince

—Hola, guapa —a mi padre se le oye como si estuviera en la habitación de al lado, y no al otro lado del mundo, allá en París —¿Qué tal estás?

—Estupendamente —le digo.

—¿Qué estabas haciendo?

No quiero contarle lo que nos estábamos divirtiendo Max, mamá y yo, así que le digo:

—¡Bah, nada importante!

—Te echo mucho de menos. Y tú, ¿te acuerdas de mí?

—Sí, papá, pienso en ti montones y montones de veces.

Estoy sentada en el cuarto de estar, hablando por teléfono.

Mi madre y Max están en la cocina.

—Pienso muchísimo en ti —repito.

—¿Cuánto? —se ríe... Sé que se está riendo por la voz que pone.

—Todo esto —extiendo mis brazos todo lo que puedo, sujetando el teléfono entre el hombro y la oreja.

—¿Y cuánto es todo esto? —pregunta él; y empezamos el juego de «Yo-te-quiero-todo-esto» que solíamos jugar él y yo.

—De aquí a la Vía Láctea —le digo.

—Pues yo te quiero y te echo de menos de aquí a la galaxia más lejana —me asegura entonces él.

Trato de imaginarme cómo estará mi padre al otro lado del hilo.

Hace más de dos meses que no lo veo, desde que fui con mi tía Pam, el verano pasado, a Londres, Inglaterra.

Yo iba a pasar con él una semana en París, pero pillé aquella estúpida varicela, y entonces él tuvo que venir hasta Londres a verme.

Sólo pudimos estar dos días juntos.

Y aunque ahora hablamos por teléfono todas las semanas, no es lo mismo.

Justo cuando yo iba a empezar a contarle algunas cosas de las que hago, empieza él a contarme cosas suyas: que ha ido a Euro Disney con una compañera de trabajo... y con su hijo pequeño.

Yo iba a haber ido con él a Euro Disney el verano pasado.

Pero aquella estúpida varicela...

Todo lo que tengo es una camiseta de Euro Disney que mi padre me mandó incluso antes de que me fuera a Inglaterra.

—¿Quién es esa amiga tuya, la que tiene el hijo pequeño? —juego, retorciendo el hilo del teléfono—. ¿Fue también su marido con vosotros?

Se queda callado un rato, y luego dice:

—No, están divorciados. ¿Sabes, Ámbar?, estoy seguro de que te gustaría conocer a Judith y también a su hijo Todd. Es un chaval de seis años muy gracioso. Nos vemos muy a menudo últimamente.

«Vaya, la misma historia», pienso.

Estoy empezando a acostumbrarme a Max y ahora tengo que enterarme de que hay una Judith y un Todd.

Ahora soy yo la que se queda callada un largo rato, y luego pregunto:

—¿Es más gracioso que yo cuando tenía seis años?

—Nadie me gustará nunca tanto como tú, Ámbar —dice.

Me empieza a doler la tripa.

¿Habré comido demasiada masa de bizcocho cruda?

Mi padre sigue hablando:

—A lo mejor puedes venir en las vacaciones de Navidad y así los conoces... Estoy seguro de que te van a gustar... y así podremos, por fin, estar tú y yo juntos durante unos días...

Tengo demasiadas cosas en que pensar.

Me está empezando a doler la cabeza.

Dolor de cabeza... dolor de tripa... a lo mejor es un ataque de esa gripe asesina que les entra a las niñas de nueve años que han comido demasiada masa de bizcocho cruda. ¿Y si fuera un virus telefónico?

No tengo ninguna gana de conocer a esa estúpida persona llamada Judith ni a su estúpido crío, que van con mi padre a Euro Disney cuando yo no puedo verlo en muchos meses.

¿Por qué ha tenido mi padre que hablarme de ellos?

Ésta es mi llamada de teléfono, mi tiempo de estar con él.

—Ámbar, de verdad que te echo mucho de menos. Dime lo que andas haciendo estos

días. Quiero que me cuentes cómo te va; quiero saberlo todo...

—Pues vuelve aquí —le digo.

—No puedo, todavía no —suspira—. Ya hemos hablado antes de esto. Es mi trabajo, recuerda... y tengo que ganar dinero. Tengo un montón de gastos...

—Tendrías menos gastos si dejaras de llevar a desconocidos a Euro Disney.

—Ámbar, no digas bobadas —me dice.

Me repatea que piense que digo bobadas cuando le estoy hablando de algo que me duele.

—Oye, mira, me tengo que ir ya. Mamá y yo estamos haciendo bizcochos con su amigo Max. Ayer fui con él de compras. Lo estamos pasando en grande.

Silencio al otro lado del cable.

Y yo sigo:

—Dentro de dos semanas vamos a tener una fiesta de disfraces en el colegio. Seguramente voy a estar muy ocupada en hacer los preparativos para ir con Max y mamá. Y tú estarás seguramente también muy ocupado haciendo algo con Judith y su crío... Así que, si no me llamas, a mí me da igual...

—¡Ámbar! —levanta la voz—. ¡Deja de decir tonterías!, ¿me oyes? Y no te enfades. Sé razonable. Te he hablado de Judith porque quería contarte mis cosas... para sentirte cerca de mí. A lo mejor no he sabido contártelo bien, lo siento.

—Podías haberte interesado por mi trabajo en el colegio —le digo—. Tengo problemas, no estoy haciendo los deberes.

Se produce un silencio al otro lado que dura un minuto; luego él dice:

—¿Por qué no me ha llamado tu madre para contármelo?

—Porque ella ya está ocupándose del problema —miento—. Y porque ella no tiene por qué gastarse el dinero en una conferencia intercontinental. Y, además, porque ahora habla de esas cosas con Max.

—Ámbar, cuando tú y yo terminemos de hablar, quiero que se ponga tu madre.

—Está en la cocina con Max, cuidando que no se quemen los bizcochos. Y yo tengo que irme para ayudarlos; así que mira, ha sido un placer hablar contigo.

Y cuelgo el teléfono.

He colgado antes de empezar con nuestro concurso de besos, ése que siempre hacemos al final de cada conferencia. Ése en que nos lanzamos besos por teléfono hasta que uno se cansa y lo deja... y el otro gana.

Esta vez no ha habido concurso, así que tampoco hay ganador.

Siento que voy a empezar a llorar.

Suena el teléfono.

Echo a correr escaleras arriba.

Dieciséis

Mi *Libro de papá...*

Abro el cajón superior de la cómoda y lo saco, me siento en la cama y me pongo a pensar en la mejor manera de destrozarlo.

Podría tirarlo a la basura.

Podría arrancar todas las fotografías y luego romperlas en pedacitos muy pequeños, muy pequeños.

Podría arrancar una fotografía suya y luego añadirle un dibujo de cómo imagino a Judith y a su crío... y después hacerlos cachitos diminutos a todos.

Podría limpiarme la nariz con alguna de sus páginas y dejar... un moco pegado en la cara de mi padre.

Sí, podría... Bueno, no puedo.

No quiero romper el *Libro de papá.*

Lo abro y empiezo a mirar las fotografías... La de aquella vez que mi padre y yo ganamos la carrera padre-hija. ¿Quién la ganará este año?

¿Y si hubiera una carrera hija-amigo de la madre, y Max y yo la ganásemos?

Max.

La verdad es que tampoco sé qué pensar de Max.

No sé por qué razón todo tiene que ser tan complicado.

Suenan unos golpecitos en la puerta.

Es mi madre.

Lo sé.

Ha llegado el momento de unas palabritas madre-hija... Ya me lo sé... Me dirá que las cosas no son fáciles para ninguno de nosotros... que los padres tienen que empezar nuevas vidas... que todos tenemos que tratar de ser flexibles y comprensivos... que aunque ellos ya no se quieren el uno al otro, sin embargo, siguen queriéndome mucho a mí...

No digo nada.

Otro golpecito en la puerta, y mi madre entra y se sienta en la cama, a mi lado.

—Sí, ya sé... me quieres... tienes que empezar una nueva vida... Max es un tipo estupendo... papá y tú no podéis ni veros, pero seguís queriéndome mucho... y todo eso —la miro con atención.

—Pues, algo así es la cosa —mi madre se levanta.

Se vuelve a sentar:

—Bueno, pero hay algo más. ¿Vas a contarlo tú... o prefieres que cuente yo todo lo demás que hay que decir... y que hay que hacer?

—Yo ya lo he dicho todo —aseguro, mientras me encojo de hombros.

Levanta el *Libro de papá* y lo abre.

La página por la que se ha abierto es una fotografía mía con papá; yo estoy sentada en las rodillas de Papá Noel y él me mira.

Mamá la mira y sonríe; luego me mira a mí.

—Ámbar, tu padre se ha enfadado mucho cuando le has colgado el teléfono.

—¿Y a ti qué más te da? Tú lo odias.

Se queda pensando un rato:

—No lo odio. Hay muchas cosas de él que no me gustan, pero no lo odio.

—¿Qué cosas de él no te gustan, a ver, dime? —me río.

Mueve la cabeza de un lado a otro, como diciendo que no, pero despacito:

—No intentes hacerme reír... Esto va en serio... No quieras tomarlo a broma... Yo sé que estás preocupada. Tú padre me ha contado por qué estás preocupada... Ámbar, tú tienes derecho a sentirte como te sientes... pero no te queda más remedio que tratar de aceptar los cambios.

—¡No son *mis* cambios! ¡Son los vuestros! ¡Papá y tú habéis cambiado! ¡Yo no! —y no me estoy riendo.

—También tú estás cambiado.... Estás creciendo. Te gustan cosas distintas... Hasta tienes diferente aspecto... También tu padre y yo tenemos que aceptar tus cambios.

—¡Pero es que yo soy una niña y *tengo* que crecer y cambiar y ser distinta!

—Y nosotros también —mi madre está tratando de hablar sosegadamente—. Todo el mundo tiene que crecer y cambiar de un modo u otro.

—Pero no a todo el mundo tienen que gustarle los cambios —arrugo la nariz—. A ti, por ejemplo, no te gustan muchas de las cosas que yo hago.

—¡Tampoco a ti te gusta todo lo que hago yo! —y hace como que arruga la nariz igual que yo.

Yo arrugo la mía mucho más:

—¡Me pone enferma estar oyendo lo mismo todo el día!

—¡Y a mí me pone más enferma todavía tener que estar repitiéndolo continuamente! —consigue un superarrugamiento de nariz, y luego se echa a reír—: Ámbar Dorado, no tienes más remedio que ir acostumbrándote a los cambios.

Nos quedamos las dos calladas durante un ratito, y luego ella me dice:

—Oye, ¿y qué es todo eso de que no estás haciendo los deberes? ¿Es verdad lo que le has contado a tu padre?

Fenomenal. Estoy matándome a trabajar para que ella no se entere, y luego voy y lo cuento.

Le digo todo lo que está pasando.

Le explico que la señora Solt no me ha dejado hacer trabajos extras para intentar subir la nota.

—Creo que tiene razón, ¿sabes? —mi madre me acaricia el pelo.

Me repatea que me acaricie el pelo.

—¡Pero yo quiero mejores notas! ¡Quiero las mejores notas, las mejores de toda la clase! ¡Estoy trabajando en serio!

—Así es la vida... Todo el mundo debe trabajar en serio... Y a nadie le mejoran las notas sólo por hacer lo que debe hacer.

—Me parece que ésa es una gran verdad —la miro—. Y me gusta todo lo que me has dicho...

—Espero que lo recuerdes siempre —me dice mi madre, y luego se ríe— Algún día, quizá, le estarás tú diciendo estas mismas cosas a tu hija...

—Si me caso y tengo una hija, yo no me divorciaré.

—Espero que no tengas que hacerlo —mi madre me mira, y después me abraza.

Yo también me abrazo a ella.

Luego nos miramos frente a frente.

—Mamá —le aprieto la mano—. Aunque no consiga la mejor nota de la clase... ¿puedo, por lo menos, comerme un bizcocho de los de prueba?

Me aprieta la mano, y afirma con un gesto:

—Vamos abajo a ver si Max no se los ha comido todos.

—Seguro que no se ha comido el de atún y gelatina de fresa.

—No, seguro que no —reconoce—, y seguro que tú tampoco te lo comes.

Nos levantamos de la cama y bajamos las escaleras.

Y mientras lo hacemos, voy pensando en el título que le voy a poner a mi trabajo cuando lo presente ante la clase: *Doraditos Ámbar, justo lo que gusta a su gusto.*

Diecisiete

INFORME ESCOLAR

Después de algunos problemas al inicio del curso, Ámbar progresa adecuadamente en la realización de sus tareas escolares, y entrega sus deberes a tiempo. Tiene que aplicarse especialmente en Matemáticas, pero puedo asegurar que está haciendo un esfuerzo apreciable.

Su actitud es mucho más positiva y su trabajo con los doraditos Ámbar ha sido verdaderamente bueno... Bueno, y muy sabroso.

Ámbar merece una buena calificación porque lo está haciendo lo mejor que puede.

Espero que siga progresando lo que queda de curso.

OTROS TÍTULOS DE LA MISMA AUTORA

¿Seguiremos siendo amigos?
Paula Danziger
Ilustraciones de Tony Ross

Ámbar y Justo son muy amigos desde pequeños. Ahora que están en 3er curso, Justo y su familia se van a Alabama. Ámbar está desolada pues no imagina su vida sin él.

Ámbar en cuarto y sin su amigo
Paula Danziger
Ilustraciones de Tony Ross

Se terminaron las vacaciones. Ámbar va a comenzar un nuevo curso y todo son cambios. El comienzo se hace difícil, pero poco a poco todo irá mejor. Especialmente cuando conoce a Brenda y llegan a hacerse buenas amigas.